Flots d'héroïsme

QUELQUES BELLES HISTOIRES DE LA GRANDE GUERRE

par

Robert Lestrange

"*L'EDITION LIBRE*"

41, Rue du Casino, 41
DINARD

MCMXX

FLOTS D'HÉROÏSME

Quelques Belles Histoires de la Grande Guerre

DU MÊME AUTEUR

Le Miroir Enchanté, poésies, 1 vol.
Lettres de Héros, prose, 1 vol.
Petite Monographie du mot " Boche ", 1 brochure.
Cléopâtre, pièce moderne en 4 actes, en prose.

EN PRÉPARATION :

L'ENFANT PAUVRE, roman vécu, 1 vol

Flots d'héroïsme

QUELQUES BELLES HISTOIRES DE LA GRANDE GUERRE

par

Robert Lestrange

" L'ÉDITION LIBRE "

41, Rue du Casino

DINARD

—

MCMXX

AVANT-PROPOS

Parmi les innombrables exploits des héros de la grande guerre, j'ai choisi quelques-uns de ceux qui se sont trouvés à la portée de ma main et qui, pourtant sublimes, ne sont peut-être pas encore les plus admirables.

Je n'ignore pas mon insuffisance et ma présomption : il eut fallu un Victor Hugo pour célébrer la grandeur épique de plusieurs de ces hauts faits. J'ai attendu qu'un grand poète vînt qui les chantât. Comme il n'est pas venu, je me suis risqué moi, très humble et indigne d'accorder ma faible lyre aux actes de ceux qui, en ce temps de puffisme et de réclame à outrance, ont eu cette suprême distinction de rester obscurs, même dans l'héroïsme.

Qu'ils pardonnent à mon indigence verbale, en faveur de ma fervente bonne volonté.

Peut-être quelques esprits chagrins me reprocheront-ils les quelques incursions dans le domaine de l'humour que je me suis permises au cours de mes randonnées épiques. Mon Dieu! n'avez-vous jamais vu la pourpre des coquelicots éclater de rire parmi l'or des moissons? J'invoque donc l'indulgence au nom du poète qui a dit : « Souffrir étant mon lot, rire est ma récompense ».

Si le fait d'avoir traduit en vers quelques-unes des actions magnifiques de la grande guerre peut contribuer à les fixer dans la mémoire des jeunes générations et à perpétuer l'admiration qu'ils méritent de susciter à jamais, je serai largement payé de mes modestes efforts et je n'aurai pas perdu mon temps.

Et maintenant, comme le prêtre qui va offrir le Saint-Sacrifice, je mets le genou en terre. C'est l'attitude qui convient devant l'incomparable stoïcisme et la sublime abnégation de mes héros. En me prosternant devant eux, ma pensée est de rendre un pieux hommage à tous ceux qui sont morts pour la Patrie.

L'AUTEUR.

LA MARSEILLAISE

C'est un jour radieux de mai mil neuf cent seize.
Le soleil, à travers les grands hêtres des bois,
Dore sur son chemin le muguet et la fraise,
Et du canon, au loin, on entend les abois.

Dans la clairière gaie où le printemps s'éveille,
Les marins au grand col font des taches d'azur
Et lavent au ruisseau, dont l'eau calme sommeille
Leur linge sur lequel ils frappent d'un point dur.

Mais Leblanc, matelot, laissant le blanchissage,
Assis sur un vieux tronc, laborieusement,
Penché sur ses genoux écrivait un message
Commençant par ces mots: « *Ma bien chère maman* ».

Il s'appliquait si bien, tel un gosse à l'école,
Qu'il en tirait la langue, en traçant chaque mot,
Et puis il souriait, songeant à l'auréole
De sa mère sous la coiffe de Landerneau.

Sa lettre terminée, il se mit à son aise,
Un bien-être très doux l'assoupissait un peu.
Il lui semble qu'autour de lui tout bruit s'apaise...
Soudain, un avion paraît dans le ciel bleu.

On voit son ventre gris, soutaché de croix noires,
Et du moteur s'entend le sourd vrombissement.
Le monstre agité de mouvements giratoires
Plane sur la forêt, sinistre et menaçant.

Il s'en va, puis revient, vire de bord, épie
La grosse pièce qui, prête à cracher la mort
Sous le feuillage épais, comme un serpent tapie,
Lentement se redresse et, pour le duel, sort.

L'avion avait vu... Le lugubre rapace
Laisse tomber sous lui, dans les arbres trop haut,
Quelques obus qui font un bruit d'oiseau qui passe,
Suivi d'un lourd fracas, éclatant dans l'air chaud.

Aussitôt une voix, celle du premier-maître,
Gronde et presse les gars d'entrer dans les abris.
— Entends-tu, les marins, dit-il, il faut se mettre
Dans la sape... Allons, les marins, as-tu compris ?

Se hâtant, mais grognant, quoique d'humeur docile,
Ils s'en vont vers la sape et, bon dernier, Leblanc
Est près d'y pénétrer quand, sur l'abri fragile,
Une charge s'abat avec un bruit tonnant.

Leblanc, couché par terre, avec la cuisse ouverte,
Avait crispé sa main sur son ventre crevé.
Son bras droit fracassé, hideuse loque inerte,
Se collait à son corps, de sang tout inondé.

Après un infirmier, l'aumônier qui s'empresse,
S'assied près de Leblanc ; il met sur ses genoux
La tête du blessé, doucement la caresse,
Et lui fait boire un peu de rhum par petits coups.

Le prêtre alors lui dit quelques mots à voix basse,
Puis ajoute tout haut : « — Et puis tu vas avoir
La croix de guerre qui, dans les braves, te classe.
Et le pays, bientôt tu pourras le revoir

Pour ta convalescence... Et là-bas, dans la ferme,
Qui sera fier de toi ?... Tu seras content, hein ?
Leblanc eut un sourire et d'un ton presque ferme :
« Lozac'h, mon matelot, tu connais le chemin

« De Louzéou-Préhon, où la vieille demeure,
« Écris-lui quelques mots pour lui dire... en douceur,
« La chose... Puis, plus tard, en choisissant ton heure,
« Tu lui porteras ça. » De sa poitrine en sueur

Et de sang maculée, il sortit l'humble lettre...
Une nouvelle salve éclate à ce moment.
— Vite aux postes de tir, criait le premier-maître.
Et du pauvre blessé, celui-ci s'approchant :

« — À bientôt, fils », dit-il... Mais Leblanc, grave et pâle
« — Adieu, maître, adieu, gars ! C'est fini... Je suis mort ! »
Puis il ferma les yeux... Sa face sous le hâle,
Prenait, en reposant comme un enfant qui dort,

Une expression calme et même résignée.
Ah ! dans sa rude vie, il avait tant peiné !
Mourir... hé bien... mourir, quoi ! c'est une corvée
Comme une autre... un peu plus dure... Discipliné,

Chaque homme a disparu sous l'épais camouflage,
Tandis que le canon s'érigeant lentement,
Tigre furieux, sort la gueule de sa cage...
Et l'aumônier restait tout seul, près du mourant.

Quand tout à coup Leblanc, qui redresse son torse,
Se met sur son séant, semble transfiguré
Et tendant vers le ciel son poing gauche avec force,
Sans presque s'appuyer sur le bras du curé,

Il oblige à sortir de sa gorge meurtrie
Une voix d'outre-tombe au son blanc et fêlé
Qui balbutie : « *Allons, enfants de la patrie!* »
Puis plus claire : « *Le jour de gloire est arrivé!* »

Les yeux étincelants et dardés vers la pièce
Comme visant au loin les copains en danger,
Il lance maintenant les mots de hardiesse
Du chant national pour les encourager.

Regard fixe sous la paupière contractée,
Il chante... Le couplet vibre presque achevé.
Le corps n'est plus, c'est l'âme héroïque, exaltée
Qui souffle encor : « *L'étendard sanglant est levé.* »

Là-bas, le gros canon sur ses pieds lourds tressaille.
De sa gueule s'échappe un sourd rugissement
Et comme un sombre oiseau de fer et de mitraille
L'obus, vers le ciel bleu, s'envole en gémissant.

Leblanc tressaille aussi ; soudain ses yeux chavirent...
Sa tête lourdement s'abat sur l'aumônier.
L'âme et le corps crispés luttent et se déchirent...
Dans un suprême effort, il veut encor crier :

« *Aux armes, citoyens !* » Les mots qu'il balbutie
Expirent dans un râle aggravé de hoquets,
Et sa voix, qui n'est plus qu'un souffle d'agonie,
         S'éteint à tout jamais.

Citation à l'ordre de l'armée du 7 Juillet 1916.

LEBLANC (Jules-Marie-Victor), matelot sans spécialité de la 1re batterie de canonniers-marins. Blessé mortellement à sa batterie et se sentant mourir a rassemblé ses forces pour chanter la *Marseillaise*, donnant ainsi à ses camarades un sublime exemple de courage et d'énergie. Est mort en achevant le premier couplet.

L'HEROISME D'UN ENFANT

Les Prussiens occupaient Lourches, humble village
Du noir pays minier.
                    Dans une des maisons,
Saoûls de bière et de gin, c'était un assemblage
De soudards allemands qui, vautrés sans façons,
Criaient, fumaient, chantaient : insolente ripaille !
Un de leurs officiers, lourde brute traînant
Son sabre à terre avec un grand bruit de ferraille,
Type du hobereau grossier, vil, arrogant,
Ame de pourceau dans un corps d'hippopotame,
Insultait lâchement la maîtresse du lieu ;
Abusant de ce que la malheureuse femme
Restait seule au logis, car l'homme était au feu,
Il tenait des propos ignobles devant elle :
Grattez le fier Teuton, vous trouvez le goujat.

Mais du fond de l'orgie où leur raison chancelle
Ces reîtres salissant le beau nom de soldat,
N'ont pas vu dans un coin très obscur de la pièce
Un sergent français qui, le bassin fracturé
Par un obus, héros que la souffrance affaisse,
Oubliant sa blessure, encor que torturé,
Regardait, indigné, le lâche insulteur boche.
Celui-ci, goguenard, fort de l'impunité,
Se lève et, titubant, de la femme s'approche...
Alors, n'y tenant plus, bouillant et révolté,
Le sergent, saisissant son revolver, se dresse,
Puis abat comme un chien enragé le soudard...

Branle-bas !... Les buveurs, secouant leur ivresse,
Tous ensemble se ruent et dehors, sans retard,
Certains à coups de pied, d'autres à coups de crosse,
Traînent brutalement le sergent-justicier.
Sur la place, déjà, dans leur rage féroce
Ils ont poussé l'infortuné sous-officier
Parmi quinze mineurs qu'ils accusent sans preuve
D'avoir tiré sur eux et qu'ils vont fusiller.
Prêt, attendant son tour pour la suprême épreuve,
Le sergent, que jamais nul n'avait vu trembler,
Est tremblant, mais de fièvre...
                                        Or, dans le voisinage
Passe un jeune garçon d'environ quatorze ans,

L'air franc et décidé, grave, malgré son âge.
Il s'approche de ces condamnés innocents.
Le sergent lui fait signe et lui demande en grâce
Pour étancher sa soif cruelle un verre d'eau.
L'enfant part, puis revient vite avec une tasse
Qu'il donne au malheureux soldat.
                                    Mais le bourreau,
Je veux dire un hauptmann à la sauvage mine,
Qui commande le feu, s'élance sur l'enfant,
L'assomme à coups de plat de sabre, le piétine :
« — Ah ! c'est comme cela, hurle-t-il en frappant,
Tu seras aussi fusillé ! » D'une bourrade,
La brute galonnée, étouffant de fureur,
Fait rouler le petit qui — terrible accolade —
Va heurter le sergent, ravive sa douleur...

Maintenant, c'est le tour du gamin. On lui bande
Les yeux, puis on le force à se mettre à genoux.
Mais soudain le hauptmann se ravise et commande
(Ne croyez pas qu'il va faire grâce, surtout) :
« — Qu'on retire au petit son bandeau tout de suite ! »
Un atroce rictus crispe son facies lourd
Et, caressant l'enfant d'un regard hypocrite,
Lui tapotant la joue, il dit, l'affreux pandour :
« — Tu peux sauver ta vie ; écoute, mon bonhomme,
Prends ce fusil chargé, tire sur le sergent !
Il te demande à boire et toi, pas bête, en somme,

Tu lui flanques du plomb ! »

                            Prenant l'arme, l'enfant
Vise au cœur le sergent. — « Feu ! » dit le monstre boche.
Le gamin se retourne et tire à bout portant
Sur le cruel hauptmann qui, tel un lourd fantoche,
S'effondre sous ce coup rapide et foudroyant.
Le tonnerre serait tombé sur tous ces reîtres
Qu'ils n'eussent pas été plus frappés de stupeur.
Ce ne fut qu'un moment... Sur leurs faces de traîtres
Parut la cruauté dure : ils n'auraient pas peur
D'un enfant !... Aussitôt leur vil troupeau se jette
Sur le pauvre petit qui, de balles criblé,
Frappé partout, lardé de coups de baïonnette,
Succombe, humble martyr, lâchement accablé.

. . . .

      O mort héroïque plus belle
      Que la plus belle vie ! O mort
      A la fois sublime et cruelle,
      Dont l'heure grandit le décor,
      Par toi s'élève dans la gloire,
      Inscrit près des plus purs héros,
      L'enfant, dont le nom dans l'histoire
      Atteint les sommets les plus hauts !

Il n'a vécu que peu d'années,
Tels ceux qui sont aimés des dieux,
Et n'ont pas, fleurs trop tôt fanées,
Connu la honte d'être vieux.
Au Panthéon de la Victoire,
Jeune éternellement vivra
Emile Després dans la gloire,
Héros-enfant comme Bara.

(Au moment où le fait s'est produit, l'admirable histoire a été contée par M. Pauliat, sénateur du Cher).

L'ADMIRABLE SACRIFICE

A mon ami Ernest SAUVAN.

Sous un ciel traversé de grands nuages sombres,
Ypres décapité, terré dans ses décombres,
Dresse son noir squelette, effrayant dans la nuit,
Et semble, en un décor que la flamme a recuit,
Une évocation spectrale où s'éternise
Mutilé, le Palais des Doges de Venise.

Les Allemands venaient d'attaquer les Anglais,
Et, repoussés, fuyant derrière leurs remblais,
Emportaient leurs blessés à travers la mitraille,
Sauf un seul, oublié sur le champ de bataille.
Pourtant, un Allemand, voyant le délaissé,
Sort de sa tranchée et bondit vers le blessé
Qui, comme un naufragé, triste et seul sur la grève,
Gisait en cet endroit qu'on bombarde sans trève.

Mais l'homme n'avait pas fait quatre pas dehors
Qu'il tombait foudroyé, mort au milieu des morts.
Et le blessé restait entre les deux tranchées,
Epave, parmi d'autres épaves couchées
Dans le sang, dans la fange, au seuil du « *no man's land* ».
Où la camarde étend son royaume affolant...

Soudain chez les Anglais un ordre bref circule :
« — Cessez le feu ! » Sautant alors un monticule
Un officier anglais surgit dans cet enfer
Et malgré le danger, tout seul, à découvert,
Fier d'être vu par les invisibles Tommies
Brave le feu nourri des balles ennemies.
Grièvement atteint, il chancelle d'abord,
Mais il se ressaisit, prend sa course plus fort...
Le feu s'arrête, car on a, du côté boche,
Compris que l'officier qui, maintenant s'approche,
Est un héros qui veut sauver un ennemi.
Malgré le sang qu'il perd et d'un pas raffermi
Il va bientôt toucher au but qu'il se propose.
C'est tout près... Mais il souffre et son pied s'ankylose.
Comprimant sa douleur, pâle, froid, compassé,
L'officier s'est penché sur l'Allemand blessé.
Il le prend, comme il eut fait la plus simple chose,
Chez l'ennemi surpris, tout doucement le pose...

— Hourrah ! — Les Allemands éclatent en bravos
Et s'inclinent devant le sublime héros.
Ce fut une minute unique, inoubliable,
Un moment de répit dans la lutte effroyable,
Comme si la beauté d'une telle action
Forçait même la guerre à l'admiration !
Un officier prussien, se faisant l'interprète
De tous, arracha sa Croix de fer : « — Je regrette,
Dit-il, de ne pouvoir faire plus que cela ! »
Sur la veste kaki du brave il épingla
La décoration comme un suprême insigne.
Les acclamations montant de chaque ligne
Couvraient de leur bruit sec, crépitant sans arrêt,
La voix du canon qui, honteuse, se taisait.
L'Anglais, froid, salua. Son visage impassible
Cachait à tous les yeux sa souffrance indicible.
Superbement correct, il s'en revint au pas,
Rentra dans sa tranchée et certain que, là-bas,
L'ennemi ne pourrait pas voir sa défaillance,
Il se laissa tomber et perdit connaissance...

Rien ne devait sauver le sublime héros.
La terre devant Ypre où reposent ses os,
Dans son tragique sein vit son cercueil descendre,
Orné de la croix de Victoria pour rendre,
Hélas ! tardivement aux portes du tombeau,

Un hommage éternel à l'acte le plus beau,
Le plus noble, sans doute, et le plus digne, en somme,
D'un soldat-gentleman, ou simplement d'un homme...
. . . .
. . . .
. . . .

O Guillaume, empereur, si ta mentalité
Te permettait encor d'admirer et comprendre
Un acte surhumain de vertu, de beauté,
Tel celui que mon vers fut impuissant à rendre,

Devant cet acte-là n'aurais-tu pas blémi,
Criminel, écrasé par la grandeur stoïque
Du fier héros qui, pour sauver un ennemi,
Donna sa vie en fleur, d'un geste magnifique!

Et, subjugué par la beauté de l'acte saint,
Peut-être désireux de l'offrir en exemple,
Sur la plus belle place, au centre de Berlin,
Dressant, « *über alles* », au sacrifice un temple,

Aurais-tu pu mieux faire, ô tyran monstrueux,
Que d'ériger au sein du monument austère
Une statue à l'homme unique et glorieux
Qui mourut noblement en martyr volontaire!

LE RETOUR DU POILU

A l'ombre du clocher par un obus crevé,
Comme un enfant blotti dans le sein de sa mère,
Humble, mais souriant sous son toit délavé
Contre la vieille église on voit le presbytère.

Habituellement, c'est la calme maison,
Lieu de silence frais et d'ardeur extatique,
Et sur ses murs hâlés, imprégnés d'oraison,
Grimpent le liseron et la rose mystique.

Mais l'hôte, un jeune prêtre, aujourd'hui n'est plus là.
C'était un desservant, de simple et douce mine,
Un curé de campagne, à l'humble apostolat,
En tout semblable à ceux que peignit Lamartine.

Au premier jour de guerre on l'avait vu partir,
Et, ministre de paix, courir à la bataille,
Pour, de sa main idoine au geste de bénir,
Semer au loin la mort en lançant la mitraille.

Depuis, la vieille bonne, en grognant quelque peu,
Accueille tout soldat, et le choie, et l'héberge,
Si bien que les poilus, groupés devant le feu,
Font de la maison sainte une sorte d'auberge.

Mais on frappe à la porte : « Holà ! que voulez-vous ?
Bougonne la servante. Il n'y a plus de place.
« Allons, entrez quand même ! On n'a jamais, chez nous,
« Renvoyé l'indigent ou le soldat qui passe.

« Un de plus, un de moins, qu'importe !... Toutefois
« Il n'y a plus de bon sens, ces affreux militaires
« Ont tout mangé, tout bu, ne laissant rien, je crois,
« Du haut en bas du plus cossu des presbytères.

« Tout le bien de Monsieur le Curé, sûrement,
« Y passera. Quand il n'aura plus le sou, dites,
« C'est-il vous, c'est-il eux ou le Gouvernement
« Qui lui rendront son bien, grugé par vos visites ? »

L'inconnu sans parler, casque et musette à bas,
Près de la cheminée où la bûche ronronne,
Hirsute, plein de boue, effroyablement las,
L'œil vague, regardait la vieille qui ronchonne.

Mais pendant qu'elle met la nappe et le couvert
Des abois furieux du fond de la cour montent.
« — Sale bête, dit-elle, attends, va, chien d'enfer,
« Le fouet va te calmer, puisque les coups seuls comptent ! »

A ce moment précis, la porte ayant cédé,
Un molosse fait irruption dans la pièce
Renverse chaises, table et, comme un possédé,
Fond sur notre poilu... qu'il lèche et qu'il caresse.

« — Ah ! Tom ! dit le soldat, comme tu m'as flairé,
« Quand Lisbeth ne sait pas, elle, me reconnaître ! »
La vieille bonne, alors, dévisageant son maître :
« — Jésus, ce serait-il vous, Monsieur le Curé ? »

LA MORT DE CRAPOUILLOT

À Mademoiselle Louise READ.

Mon cheval répondait au nom de Crapouillot...
C'était un dur-à-cuire, un blessé de la guerre,
Borgne depuis Verdun, aimant course et galop,
Et quoique vieux, tout plein de feu comme naguère...

Ah ! combien je l'aimais, ce rude compagnon !
Que de fois, bride au bras, cheminant sur la route,
Après la randonnée, au bruit sourd du canon,
Comme un frère, avec lui je partageais ma croûte !

Ce jour-là, j'avais dû, sous la grêle d'obus,
Enfourcher Crapouillot afin d'aller remettre
Au commandant, là-bas derrière un tumulus,
Sans le moindre retard une importante lettre.

C'est fait. Le commandant griffonne sur un pli
La réponse et me dit : « — Allez ! et ventre à terre ! »
Sur un coup d'éperon, Crapouillot a bondi.
En vain le canon gronde ainsi que le tonnerre,

Nous dévorons l'espace... Hélas ! pas pour longtemps.
Soudain, à quelques pas, un 150 éclate.
Crapouillot, effrayé, se cabre... En même temps,
Il est atteint au col... Son sang gicle, écarlate...

Sur ses pieds de derrière, il se dresse, éperdu.
Son geste machinal me fait une cuirasse,
C'est ce qui m'a sauvé, mais ce qui l'a perdu,
Tandis qu'il me couvrait de sa vieille carcasse.

Le sang de sa blessure, abondamment coulait...
Oh ! que j'aurais voulu soigner mon camarade !
Mais l'on nous avait dit : « — Ventre à terre ! » Il fallait
Galoper sans répit, malgré la canonnade.

La malheureuse bête, étourdie un instant
S'est ressaisie, encor qu'elle halète et souffle...
L'éperon, sans pitié, pique cruellement
Son ventre douloureux qui bientôt se boursoufle.

Nous galopons toujours... Le pauvre Crapouillot
Hoquette et se convulse... Il voit une fontaine.
— A boire, par pitié ! supplie en voyant l'eau
Son œil brun injecté qu'il peut ouvrir à peine...

Nous galopons toujours vertigineusement.
La fontaine n'est plus qu'un point noir qui s'éclipse.
Crapouillot ralentit, se plaint affreusement :
Je chevauche la Mort, bête d'apocalypse,

Ses naseaux sont fumants... Il n'en peut plus... C'est trop.
Un seul moment d'arrêt... Grâce ! semble-t-il faire.
— Non. Encore et toujours au galop ! au galop !
Va, pauvre Crapouillot, va, gravis ton calvaire !

Courage, bon cheval ! Fais un dernier effort !
Nous arrivons bientôt... Une petite lieue...
L'éperon dans ses flancs s'enfonce encor plus fort.
Un frisson le parcourt de la tête à la queue.

Aller jusques au bout, est-ce qu'il le pourra ?
Je sens qu'il s'abandonne... Hélas ! s'il faut qu'il tombe,
C'est fini, jamais il ne se relèvera.
Vite un coup d'éperon avant qu'il ne succombe.

Crapouillot, de douleur lugubrement hennit,
Mais aussitôt repart comme le vent... Tout proche
Il voit le but et veut l'atteindre avant la nuit
Pour pouvoir expirer tranquille et sans reproche.

Encor cent mètres ! Il galope comme un fou
Il vole, malgré que la douleur le terrasse,
Une minute encore... Irons-nous jusqu'au bout ?...
Brusquement, Crapouillot s'abat comme une masse

Et me lance en avant... Je me relève sans
Regarder mon cheval et cours porter ma lettre....
Puis je reviens vers l'animal agonisant...
Il peut encor lever la tête vers son maître.

Son œil trouble me voit, semble me dire adieu...
Mon pauvre Crapouillot ! Il souffle, se recouche...
Ses pattes, d'un suprême effort remuent un peu...
Il dresse encor la tête et se raidit, farouche,

Puis il retombe, mort...
                              Déjà, pieux, le soir
Drapait la pauvre bête en ses funèbres voiles...
Je pleurais... Et la nuit laissait, dans le ciel noir,
Tomber de l'infini ces larmes, les étoiles...

(D'après le récit de M. Louis VALTER, brigadier au 5ᵉ d'artillerie).

UN TRAIT ANTIQUE

A mon ami G. GAGLIARDINI.

Mulhouse, vieille ville, assise au bord de l'Ill,
Mulhouse, rage au cœur, mais pleine d'espérance,
Pendant quarante-quatre ans du plus dur exil,
Calme et fière, attendait son retour à la France.

Rien ne la rebutait, la vaillante cité.
Gardant sa dignité qui drapait son courage,
Elle se raidissait contre l'adversité
Et redressait la tête, ainsi qu'un aigle en cage.

Gravement, ses enfants demeuraient confiants,
Sûrs de rentrer un jour sous l'aile maternelle!...

Murés dans leur espoir, ils restaient patients,
Appuyés sur leur foi dans la France éternelle.

Et c'est un matin d'août, glorieux, triomphal,
Que vint la délivrance, hier encor chimère.
Tout sembla rajeuni d'un nouvel idéal,
L'enfant perdu venait de retrouver sa mère !

Les Boches, rejetés dans le bois de la Hardt,
Ont fui comme Judas sous un vent d'anathème,
Et la France est rentrée avec ton étendard
O régiment vainqueur, vaillant trente-cinquième !

Et tout change aussitôt... Une onde de bonheur
S'épand sur la cité... Dans le ciel magnifique
Le soleil est comme une énorme croix d'honneur
Sur le bleu d'horizon d'une immense tunique.

Les femmes ont de fleurs recouvert les pavés
Et faisant aux héros un doux chemin de gloire
Embrassent à plein cœur ces frères retrouvés,
Puis leur versent à flots le vin de la victoire.

On apporte des fruits, d'autres vivres, de tout...
Une ouvrière vide une bourse modeste
Dans une humble musette..., Un peu plus loin, debout,
Un bonhomme égrotant a, d'un superbe geste,

Brandi le vieux drapeau qui, dans les trois couleurs,
Berce l'aigle altière et napoléonienne
Et que, pieusement, à travers ses malheurs,
Il a gardé jusqu'à ce que le grand jour vienne !

On rit, on fraternise, on boit à la santé
De l'Alsace rendue à la terre française,
Et dans le ciel profond l'archange Liberté
Ouvre ses ailes d'or, chantant la *Marseillaise!*

Les âmes se mêlaient dans un joyeux élan.
Rien n'était plus touchant, mais voici le sublime...
S'adressant aux poilus, un pauvre paysan
Vieilli, mais qu'une ardeur inextinguible anime,

Se dépouille de tout ce qu'il a de plus cher,
L'offre aux braves soldats avec toute son âme,
Leur donne son argent jusqu'au dernier thaler,
Puis leur montrant du doigt, l'horizon tout en flamme,

Sur lequel se profile un régiment qui fuit,
Le pauvre homme riant et pleurant tout ensemble,
Tandis que nos troupiers se groupent près de lui,
Leur dit d'une voix rauque où l'émotion tremble :

*« Et maintenant, mes gars, j'ai assez vécu... Allez
vous battre et tuer mon fils qui sert au 40ᵉ poméra-
nien !* » (sic).

« *MOI, BOCHE !* »

C'était la nuit après la prise des Eparges.
Le calme succédait aux formidables charges...
On gîtait dans la boue... Affalés, éreintés,
Et, contre pluie et froid assez mal abrités,
Les poilus, dignes fils des grognards de Russie,
Gardaient leur bonne humeur jusqu'à la facétie.
Quand on a vu la mort de près, on a le droit
De blaguer et de rire un peu de son effroi.
Aussi dans la cagna qui leur sert d'ermitage
Narguaient-ils follement le lointain marmitage,
Les rafales d'obus avec leur sifflement
Les balles, les shrapnells et tout le tremblement...

Mais la blague a sa fin et le sommeil l'emporte.
Il faut pourtant encor que la patrouille sorte

Pour guetter ce que font les postes ennemis.
Elle rentre à présent. Les hommes se sont mis
Tout au fond de l'abri ; tassés l'un contre l'autre
Chacun dans le sommeil réparateur se vautre,
Et, luttant contre l'ombre où tremble son halo,
La chandelle fumeuse expire en son goulot.

Soudain quand tout se tait et dans la nuit s'effondre
Entre deux ronflements qui semblent se répondre,
Une voix dit : « — Moi, Boche ! » On ne réplique point.
La voix insiste : « — Moi, Boche ! » Dors dans ton coin
Et fous-nous la paix, hein ! lui crie un bonhomme en furie.
La voix reprend : « — Moi, Boche ! » Et ça tourne à la scie.
« — Vas-tu pas nous lâcher, espèce de poivrot !
« — Moi, Boche ! » affirme l'autre avec plus de culot.
« — Boche ou pas, lui dit-on, que le diable t'emporte !
— La ferme ! — Eh ! un bouchon ! — Le raseur à la porte !
C'est un concert de rage et d'imprécation
Qui voue un tel fâcheux à l'exécration.
Une injure sur l'autre étant vite greffée
Sous des cris d'animaux la voix est étouffée,
Puis l'abri tout entier, indigné du réveil
Réclame le silence et le droit au sommeil.

C'est fini... L'on redort... Mais quand le jour se lève
Les poilus à regret s'arrachant à leur rêve

Trouvent au milieu d'eux un hôte inattendu,
Gris de boue ainsi qu'eux, drôle d'individu
Lourd, hirsute, camard, les yeux sous des lunettes,
Humble et plat avec des airs faussement honnêtes...
— Qu'est-ce que tu fous là ? fait-on à cet intrus
Qui, tremblant de besoin, semble n'en pouvoir plus...
Alors, timidement et baissant la caboche,
Il lève au ciel les bras et dit encor : « — Moi, Boche ! »

Et puis il déclara qu'il avait déserté.
Derrière la patrouille et dans l'obscurité,
Fuyant le pain KK, les bons coups de cravache
Les canons après quoi l'officier vous attache,
Les serre-file avec le revolver au poing
Qui brûlent la cervelle à qui ne marche point,
Enfin se libérant de l'infâme esclavage
Que, du sous-off brutal jusqu'au Kaiser sauvage
Tous les chefs font peser sur le soldat teuton,
Il était venu là, soumis comme un mouton
Et c'était lui qui, pour se dénoncer lui-même,
Poussait pendant la nuit ce cri lourd d'anathème :
— Moi, Boche ! dit vingt fois, quoiqu'il pût lui coûter,
Sans qu'on voulut le croire ou même l'écouter...

Il se tut... Un poilu tira de sa sacoche
Des vivres et lui dit : « —Tiens, mange, mon vieux Boche ! »

LE VIEUX FAUTEUIL

De l'antique maison, berceau de ma famille
Qui, dans l'Aisne mirait son toit de chaume roux,
Il ne demeure rien, et sa verte charmille,
Comme un bouquet de feu hérisse son vieux houx.

Ils ont passé par là les reîtres de Guillaume
Et ces murs fûmants sont les parois du cercueil
Où gisent, seuls débris de la maison-fantôme,
Quelques bois calcinés, restes de mon fauteuil.

C'était un bon vieux meuble, au fruste siège en paille,
Qui tendait, cordial, des bras familiers.
Son dossier, tailladé par la folle marmaille,
S'arrondissait pareil au creux des boucliers.

Sur quatre pieds, d'attaque ainsi qu'un chien fidèle,
Il reposait solide, imposant et carré,
Près du tiède foyer dont parfois l'étincelle
Etoilait ses barreaux de vieux chêne ciré.

Les portraits d'autrefois, décors de nos murailles,
Sentant s'éveiller un souvenir endormi,
Jeunes ou décrépits, du fond de leurs grisailles,
Caressaient le fauteuil d'un doux regard d'ami.

Que d'amours il avait bercés au cours des âges !
On tenait bien à deux entre ses vieux bras roux,
Et pour mieux rapprocher leurs deux jeunes visages
O Roméo ! Juliette était sur tes genoux !

A la place d'honneur des repas de famille
Il avait supporté le poids des toasts verbeux,
Et goûté le repos, lorsque sous la charmille
On l'avait installé pour la sieste des vieux.

Grand-père se mettait pour fumer sa bouffarde
Dans ce vieux fauteuil-là qui semblait l'embrasser.
Il nous contait alors de sa voix goguenarde
Mille hauts faits du temps qu'il était grenadier.

Puis un jour, fatigué, sa pipe étant éteinte,
Il s'éteignit aussi dans les bras du fauteuil.
J'entends encor le glas qui, lugubrement tinte,
Cependant qu'on clouait l'aïeul en son cercueil.

Après lui je revois ma falote grand'mère
Filer en méditant, assise près du mur,
Pâle dans son grand deuil et sous sa coiffe austère,
Telle un grave Rembrandt, baigné de clair-obscur.

Son chat noir Belzébuth, petit sphinx taciturne
Perché sur le dossier, ouvre et ferme les yeux ;
Ses deux prunelles d'or, perçant l'ombre nocturne,
Brillent comme une lampe au feu mystérieux.

Et quand l'aïeule parle, accroupis autour d'elle,
Dans le soir défaillant nous l'écoutons narrer
L'histoire de Peau d'Ane ou de la fée Urgèle,
Tant émus que nous ne nous sentons pas pleurer.

. . . .

Le vieux fauteuil était le vénérable ancêtre
L'ami discret et le confident des chagrins,
Le plus ancien parent qui nous avait vus naître
Et dont les bras pliaient, de souvenirs trop pleins.

Mais il est mort, hélas ! dévoré par la flamme,
Il n'est plus que poussière ainsi qu'un corps humain
Et son âme est allée au ciel retrouver l'âme
Des bons aïeux, dont il fut le contemporain.

. . . .

Ils ont passé par là, les reîtres de Guillaume,
Et ces murs fûmants sont les parois du cercueil
Où gisent seuls débris de la maison-fantôme
Quelques bois calcinés, restes du vieux fauteuil.

LES MAINS COUPÉES

Au milieu des blessés de la morne ambulance,
Fillette de cinq ans aux yeux de deuil voilés,
Elle tend au major qui, tout ému, la panse,
Ses pauvres petits bras à jamais mutilés.

Du lit trop grand, couvrant ses formes innocentes,
Elle dresse vers Dieu ses lugubres moignons,
Rêvant qu'elle revoit ses menottes absentes,
Tel au bout des rameaux un couple d'oisillons.

Mais une inquiétude, hélas! des plus cruelles
Plisse son petit front, précoce et soucieux.
— Docteur, monsieur Docteur, dis, repousseront-elles
Fait l'enfant en fixant le major dans les yeux.

Tant d'ingénuité, de candeur adorable
Trouble le bon major... Il hésite un instant,
Sous sa rude moustache, attendri, pitoyable
Devant les grands yeux bleus au regard angoissant.

Enfin, il se domine et la voix raffermie :
— Certainement, si tu te laisses bien soigner,
Répond-il à l'enfant dont la physionomie
S'éclaire en regardant le docteur s'éloigner.

Le canon gronde au loin... Un blessé mourant râle.
Mais elle n'entend pas, ruminant son bonheur
Né du pieux mensonge ; et sur son minois pâle
Un sourire charmant dissipe la douleur.

Tout près d'elle son frère adolescent se penche
Et baise longuement les bras emmaillotés...
Quoiqu'il n'ait que quinze ans, il pense à la revanche
Et jure de venger les poignets mutilés.

Il sait bien que jamais les menottes si douces
Ne serreront ses mains, ne prendront un bonbon,
N'auront, en jouant, ces maternelles secousses
Qui bercent la poupée ainsi qu'un vrai poupon...

Il ne pourra jamais, vécût-il mille années,
Oublier l'affreux drame encore tout récent :
L'arrivée au logis des brutes avinées
Que précède une odeur de carnage et de sang,

Le sac de la maison livrée à l'incendie,
Le père fusillé, l'aïeul dans le coma,
La mère au mur clouée et, sinistre agonie,
Impuissante à sauver sa petite Jemma !

Les cinq ans de l'enfant n'ont pas pu la soustraire
A la fureur du Boche, ivre de cruauté,
Qui lui trancha les mains sous les yeux de sa mère
Par un raffinement hideux de lâcheté...

Il a vu ce tableau, le malheureux jeune homme
Et ses yeux ne sont pas restés fixes d'horreur !
Il ne prit même pas le temps de pleurer comme
Un pauvre enfant à qui l'on arrache le cœur !

Vite, il prend dans ses bras la petite blessée,
L'emporte à travers champs, sans souci du danger,
Et fuyant comme un fou, la tenant embrassée,
Dès qu'il voit l'ambulance il va s'y diriger.

En vain, le canon tonne et les balles font rage,
Le garçon, dans la nuit vole sans s'arrêter.
Ah! voici l'ambulance, il est temps, le courage
Le soutient encor, mais les forces vont manquer...

Au souvenir de ces crimes, une colère
Étreint l'adolescent... Il regarde sa sœur
Qui paraît endormie, oubliant sa misère.
Mais lui n'oubliera pas, il sera le vengeur.

Plus qu'un coup d'œil et puis, résolution prise,
Il ira s'engager et rejoindre son corps.
Sur le seuil, le docteur, grave en sa barbe grise,
Recommande au jeune homme avant qu'il soit dehors :

« — Surtout que la petite ignore sa détresse!
Laissez-lui croire, au moins, qu'elles repousseront! »
Puis il sort en cachant son amère tristesse,
Et le petit s'en va, rage au cœur, vers le front...

Jemma ne dormait pas... Les fatales paroles
Elle les entendit et ses candides yeux
Laissent de désespoir couler les larmes folles
Jaillissant de son cœur à jamais douloureux.

Elle éclate en sanglots et puis elle s'écrie :
— Maman ! maman ! maman !... Mais qui l'écoutera ?...
Oh ! les pleurs déchirants de son âme meurtrie
Que jamais une mère, hélas ! ne séchera !

Mais les cris éperdus ont cessé... Le pauvre être
Soulève encore un peu ses bras emmaillotés.
Un morne abattement la vainc et la pénètre ;
D'horreur et d'épouvante et les yeux injectés,

Sur sa couche, l'enfant retombe anéantie...
Rien ne peut la sortir de cet accablement,
Ni le retour de Jean, ni sa mine hardie
Sous l'uniforme qu'il porte gaillardement.

En vain le jeune homme a prodigué ses tendresses
Et fraternellement câliné sa Jemma,
Elle est indifférente à toutes les caresses
Et n'entend même plus le frère qu'elle aima.

Ses yeux restent rivés à ses deux mains absentes
Qu'elle voit dans l'horreur d'un sombre cauchemar,
Ses mains, ses pauvres mains, mignonnes et sanglantes,
Qu'un destin fit tomber sous le fer d'un soudard !

Et ce martyre atroce est aussi symbolique,
Car qui ne songerait en voyant cette enfant
A son pauvre pays, la petite Belgique
Que le même ennemi meurtrit cruellement !

Mais le cerveau trop frêle à la souffrance cède...
Jemma fixant le mur semble lire un arrêt.
La vérité féroce, implacable, l'obsède,
Et prise de frayeur, sa raison disparaît...

C'est la fin... La petite a la pâleur spectrale
De ceux qui vont partir pour des cieux inconnus,
Et son âme d'enfant dans un souffle s'exhale
En soupirant : « — Elles ne repousseront plus ! »

(Mort de la petite Jemma HELMACKERS, née à Aerschot, Belgique, le
   20 décembre 1908, d'après le récit de M. G. STÉNY).

Le paysage était dans l'ombre anéanti...
Un lugubre silence écrasait la campagne,
Chaotique désert, funèbre, empuanti,
Tombeau des morts de la bataille de Champagne.
Après le dur fracas, le rythme de l'acier
Qui, des mois et des mois, de sa cadence lourde
A crevé le tympan par ses coups de bélier,
La paix morne du soir est angoissante et sourde...

Dans son poste d'écoute, isolé, l'œil au guet,
Sentant peser sur lui toute la masse d'ombre
Et toute la souffrance éparse qui régnait
Parmi ce *no man's land* épouvantable et sombre,
Un poilu, pauvre atome, en l'infini du soir
Tout éveillé rêvait... Son œil visionnaire

Sur un fond que la nuit érige tout en noir,
Soudain perçoit un point, une vague lumière
Qui se précise en un visage féminin,
— Car lorsque l'homme est triste et sa pensée amère,
Toujours, ange charmant, surgit dans son chemin
La femme, amante, sœur, épouse, fille ou mère —
Celle-ci lui sourit. — C'est bien elle, fait-il...
Il la reconnaît, quoiqu'il ne l'ait jamais vue,
Cette chère marraine à l'œil noir et subtil,
Scintillant tout là-bas, tel l'astre dans la nue....

Délicieuse et pure hallucination !
Le poilu ne sent plus le froid, le vent, la pluie.
Il est, hypnotisé par cette vision,
Tout haletant dans la crainte qu'elle s'enfuie.
Et rien n'existe plus pour notre illuminé
Que la douce, la fière et captivante image
Qui naquit de son rêve et ressemble à Phryné
Drapée en sa beauté devant l'aréopage.
Puissance de l'amour !... Il n'est plus ici-bas
Pour ce simple d'esprit, dompté par la chimère,
Ni cruautés du sort, deuils, misères, combats,
Ni privations, ni ton noir cortège, ô guerre !
Et les deux bras tendus vers l'apparition,
Comme un dévôt qu'attire une Madone sainte,
Il dit : « — O toi, vers qui va l'adoration,
Chère inconnue, hélas ! si loin de mon étreinte,

Quand pourrais-je à genoux, m'abîmant devant toi,
Embrasser tes pieds nus, mystérieuse reine,
Et puis, très humblement, et le cœur plein d'émoi,
Arracher ton cruel incognito, marraine !

*
* *

Quelques jours ont passé... D'une permission
Notre poilu revient... Flairant un coup à boire,
Les copains ont, au vol, saisi l'occasion
Et veulent, goguenards, qu'il conte son histoire
En disant ce qu'il a fait pendant son congé.
Lui, bon garçon, consent à leur narrer la chose.
Et, quoique souvent par un obus dérangé,
Il leur fait ce récit, que le pinard arrose :

*
* *

Amis, je n'ai pu vous cacher
Qu'en allant en perm à Paname
Je me proposais d'y chercher
Le mot d'une énigme de femme...
Ben oui, quoi ! je voulais savoir
Qui diable était cette marraine
Dont le mystérieux pouvoir,
De loin me fascine et m'entraîne.

Pendant la route, indifférent
Aux paysages qu'on traverse,
Je voyais intérieurement
Sa douce image qui me berce.
Et quand le train stoppa, je n'eus
Pour Paris, fournaise bruyante,
Que des yeux plutôt ingénus,
Tant ma pensée était absente.
Comme attiré par un aimant,
J'allais vers ma fée inconnue
Fiévreux, timide, titubant,
Appréhendant presque sa vue...

Devant sa porte me voici
Tel que devant un canon boche...
En avant !... Allons, c'est ici...
Je tremble, puis me rabiboche...
Je frappe enfin... Qui va m'ouvrir ?
Quelle sera cete marraine
Par qui je me sens défaillir ?
Belle ? Laide ? Simple ? Hautaine ?
J'aurais voulu m'enfuir bien loin...
Brusquement, on ouvre... C'est elle,
Avec une odeur de benjoin.

Ah ! mes amis, qu'elle était belle !

Quels grands yeux et quels cheveux d'or !
— Bonjour, mon filleul ! Je suis aise
De vous voir... Approchez encor
Et mettez-vous sur cette chaise.
Surtout pas de gêne entre nous,
Ajoute-t-elle et, très légère,
Elle s'asseoit sur mes genoux,
Puis fourrage ma fourragère,
Et frisant ma moustache un peu,
Ne m'épargnant nulle caresse
Me couvre de baisers de feu.
Jugez quelle était mon ivresse !

Je ne m'embêtais pas, bien sûr,
Poilu choyé qui se prélasse,
Et plus d'un costumé d'azur
Eut bien voulu prendre ma place.

Mais, impatients : — Nom d'un chien,
Me dites-vous : Après !... La suite !...
La suite ?... Pensez-vous ?... Eh bien !
Apprenez donc que Marguerite
(C'est son petit nom, mes enfants),
Marraine aimable et fort gentille,
C'est... c'est une petite fille
Qui n'a pas encore quatre ans !!

GOTT MIT UNS

Fils des farouches Huns, dont les hordes sauvages
Surgissent du passé, viennent du fond des âges,
     Grouillant comme des poux,
Nous allons devant nous, noir fléau qui dévaste,
Répandant la terreur, comme une mer trop vaste :
     Herr Gott est avec nous !

Pour avoir quelquefois violé la Victoire,
Nous pensions que, toujours, devant nos pas la Gloire
     Se mettrait à genoux.
Sans foi, ni loi, troupeau puant, reîtres infâmes,
Nous pillons, nous tuons enfants, vieillards et femmes :
     Herr Gott est avec nous !

La force, nous a-t-on répété dès l'école,
Prime le droit, ceci n'est pas une hyperbole.
    Les Français sont des fous.
Ils croient à la justice, à la loyauté fière ;
Notre idéal, à nous, c'est la chope de bière :
    Herr Gott est avec nous !

Nous avons un allié pour la sanglante fête,
François-Joseph, *l'Enfant chéri de la Défaite*,
    O Serbes, garde à vous !
Hélas ! suivant l'usage, il paraît, on le rosse !
Il est pourtant puissant, et comme nous féroce :
    Herr Gott n'est qu'avec nous !

N'importe ! nous voulons sans pitié, ni scrupules,
Teutons, dépasser Huns, Vandales et Hérules,
    Assassins et filous.
Achevons les blessés !... Les Croix-Rouges pour cibles !..
A nous, traîtres engins et balles explosibles !
    Herr Gott est avec nous !

Et quand nous rentrerons dans la vieille Allemagne
Où, des blondes Gretchens que leur mère accompagne,
    Les baisers sont si doux,
Nous leur apporterons l'odeur des ruts barbares,
Le relent excitant du sang dans les fanfares :
    Herr Gott est avec nous !

. . . .

Hurle et blasphème, drôle!... Ah! ta rage arrogante
Entend déjà venir la justice immanente,
      Implacable Destin!
Tel un sombre Moloch, tout repu d'hécatombe,
S'écroulera bientôt, t'entraînant dans la tombe
      Ton *Gott* plus qu'incertain!

1915.

L'ESPRIT CORNELIEN ET LA GUERRE

Poésie dite par Mme Andrée LESTRANGE à la Matinée commémo-
rative de CORNEILLE, présidée par M. Camille LE SENNE,
le 8 Mai 1916.

A M. Camille LE SENNE.

Vieux Maître qui n'es mort que pour être immortel,
Toi, qui dans l'héroïsme as sculpté de la vie,
Et qui, soudant ensemble, idéal et réel,
Sur fond d'humanité dressas la Tragédie,
    Ainsi qu'un dieu sur son autel,

O père des héros aimés de Melpomène,
Qui nous a nourris de la moelle des lions,
Pour transmuer en nous ta vieille âme romaine,
Se peut-il que jamais, Maître, nous oubliions
    Ton esthétique surhumaine

L'heure est tragique... Au nord les Barbares Germains
Cyniques et sans foi, souillés de tous les crimes
Foulent le sol sacré, semant sur leurs chemins
L'abomination et le sang des victimes,
    Qu'étouffent leurs féroces mains.

Jamais drame plus grand sur la scène du monde
N'érigea l'antithèse éternelle où l'on voit
D'un côté, tout le Mal, la Barbarie immonde
Et de l'autre le Bien, au service du Droit
    Et de la Liberté féconde.

Au fond, c'est le combat du Jour et de la Nuit,
De leur sombre Kultur, et de notre culture,
Où le vainqueur ne peut plus être que celui
Dont la force morale, à l'autre force assure
    Son fier et décisif appui.

Des gens ont dit : « Le Temple intérieur est vide ».
Sacrilège!... Au premier coup de canon tonnant,
Tout Français a senti qu'au fond de lui réside
L'Esprit cornélien, qui, principe immanent,
    Toujours nous inspire et nous guide.

Oui, tu brûles en nous comme un flambeau, penseur,
Pas à pas, dans notre âme, on peut suivre ta trace
Tout soldat sur le front, a du Cid la valeur
Et tout père français, semblable au vieil Horace,
    En a la stoïque grandeur.

Maître, c'est la raison de notre confiance.
Nous avons dans le sang tes héros au cœur fort :
Et ces fruits ont mûri sur la treille de France
Esprit de sacrifice, et mépris de la mort
    Au grand soleil de l'espérance.

Merci donc, ô Corneille, ô génie éclatant,
Générateur puissant d'héroïsme et de gloire !
En dévôts de ton culte, émus, pieusement,
Nous couvrirons, au jour prochain de la Victoire,
    De lauriers d'or ton monument !

AUX MORTS POUR LA PATRIE

A mon ami, Olivier DE GOURCUFF.

O morts ! ô légions de héros qui dormez
Dans les plaines, les champs, les vallons embrumés,
    Les routes et les marécages,
Près des tragiques lieux, témoins de vos exploits,
Vous reposez sous des milliers de croix de bois,
    Parmi les tombes de villages !

Laboureurs, ouvriers, artistes, écrivains,
Vous haïssiez la guerre, et les reîtres germains
    Vous ont fait tomber sous leurs glaives.
O nos fils ! vos cerveaux dans la glèbe fondus
Feront lever du fond de nos espoirs perdus
    La noble moisson de vos rêves !

Mais parmi vous, guerriers, tous valeureux et fiers
Dont, au-dessus des monts, des forêts et des mers
    L'ombre flotte sur la patrie,
Il en est plus d'un qui, marqué du sceau divin
Aurait inscrit son nom d'admirable écrivain
    Dans le bronze de son génie.

O nos frères! vers vous volent nos cœurs meurtris.
Vous avez emporté des chefs-d'œuvre inédits,
    Maudit soit le boulet infâme
Qui vous tua deux fois, ô sublimes penseurs
Puisque du même coup, le plus grand des malheurs
    Vous enleva le corps et l'âme!

N'importe, vous avez écrit de votre sang
Un poème de gloire unique, éblouissant
    Et qui n'a pas besoin d'Homère.
Et le dernier des chants qui conte vos exploits
Doit finir par ces mots : — Dignes fils des Gaulois,
    Ces héros ont sauvé leur mère!

Et sous les tumulus où vous êtes couchés,
Jamais vous ne serez dans l'ombre si cachés
    Qu'une forme voilée et blanche
Ne vienne s'incliner sur votre noir tombeau
Et que telle une mère au-dessus d'un berceau
    La France, en pleurant, ne se penche.

O morts! glorieux morts! votre culte pieux
Erige dans nos cœurs un autel douloureux
            Sur lequel ainsi qu'en un livre
Nous voyons votre exemple éclairer l'avenir...
Et maintenant, héros, vous qui sûtes mourir,
            Apprenez-nous comme il faut vivre!

AUX ORPHELINS DE LA GUERRE

LA DETTE SACRÉE

Fondant sur la forêt, lorsque le vautour passe
Et qu'il saisit, cruel, de sa serre rapace,
    De pauvres oiseaux dans leur nid,
Les petits, frissonnants et cachés dans leur mousse
Pour la dernière fois goûtent la tiédeur douce
    De leur destin sitôt fini.

Comme ces oiselets, chers orphelins de guerre,
Alliez-vous dépérir de froid et de misère,
    Pauvres petits abandonnés ?
Et deviez-vous porter, ainsi qu'un legs de crime,
L'héritage de gloire admirable et sublime
    De vos pères infortunés ?

Quoi ! vis-à-vis de vous, ç'eût été l'attitude !
Ah ! ne craignez jamais pareille ingratitude,
    O nos chers petits orphelins !
La France vous a dit, sensible et tutélaire :
« — Si de tous les Français, enfants, je suis la mère,
    Vous, vous êtes mes benjamins !

« Car vos pères sont morts pour me sauver la vie.
« Leurs généreux exploits contre la barbarie
    « M'ont valu le plus doux des noms ;
« Ne dit-on pas, quand on parle de leur patrie :
« La France est le pays de la chevalerie,
    « La Jeanne d'Arc des nations ! »

Orphelin de la guerre — ah ! que nul ne s'en blesse —
Est pour nous le plus beau des titres de noblesse.
    Fils des croisés, inclinez-vous !
Devant nos chevaliers sans peur et sans reproches
Qui firent vaillamment la croisade des Boches
    Nous nous mettons tous à genoux !

Et nous savons quelle est notre dette sacrée.
La France à l'acquitter s'est déjà consacrée.
    L'humiliante charité
Ne viendra pas froisser votre noble détresse,
Nous aurons pour soutien dans la même tristesse
    La sainte solidarité.

Jamais nous n'oublierons cette heure solennelle
Où la France, poussins, vous a pris sous son aile
    Pupilles de la nation !
Vous chérir, vous soigner, faire de vous des hommes
Sera, premier souci de tous tant que nous sommes,
    Notre fière religion.

Par tous ceux qui sont morts, méprisant la souffrance
En lançant vers le ciel ce cri : — Vive la France !
    Dans un dernier acte de foi,
Par nos provinces dont nous entendons les râles,
Par nos vieux monuments et par nos cathédrales,
    Par notre honneur, suprême loi,

Par tous nos prisonniers, martyrs en leurs géhennes,
Par vous, Boches aussi, qui remplissez de haines
    Des cœurs qui débordaient d'amour,
Par tous les malheureux, gémissant sous la botte
Dont on a torturé l'âme de patriote
    Avec des gestes de pandour,

Par toutes nos douleurs et par toutes nos joies,
Par nos deuils, nos espoirs et par toutes les voies
    Qui nous mènent à l'avenir,
Par les faits glorieux de toute notre histoire,
Par tous les durs combats préparant la Victoire
    Qui nous sourit et va venir,

Par nos propres enfants qui sont deux fois vos frères,
Orphelins pétris dans la gloire de vos pères,
    Héros au bras puissant,
Par ceux qui vont partir fleur de notre jeunesse,
Et qui, pour que la France admirable renaisse
    Sont tout prêts à verser leur sang,

Nous jurons d'adopter, ô nos héros sublimes,
Les orphelins de guerre, innocentes victimes
    Que, pieux, nous élèverons.
Place au devoir sacré qui prime tous les autres !
Vos enfants nous seront chers autant que les nôtres...
    Nous le jurons ! Nous le jurons !

(Poésie dite par l'auteur à la Fête des Pupilles de la Nation, célébrée
        à Seignelay (Yonne), le 25 août 1918).

PROFANATIONS

Sur les chemins de la retraite, partout les envahisseurs ont laissé
les traces de leurs souillures et les plus odieuses profanations.

LES JOURNAUX.

Soudards, vous avez pu fouler toutes les lois,
Indigner l'univers par vos lâches exploits,
Tyranniser les corps et torturer les âmes,
Egorger les vieillards et violer les femmes,
Incendier, piller, semer partout les deuils,
Il vous manquait ceci : violer des cercueils.
A présent ce laurier s'ajoute à votre gloire,
Sur des morts vous avez remporté la victoire!...

Goyencourt, vieux castel épargné des obus,
Avait un mausolée où, bercés d'oremus,

Dormaient les fiers aïeux, d'un sommeil pur et noble.
N'hésitant pas, soudards, devant ce geste ignoble,
Vous avez descellé la pierre du tombeau.
Sans honte, ni pudeur, arrachant par lambeau
Les suaires moisis qui drapaient les squelettes,
Expropriant les morts de leurs sombres retraites,
Vous les avez jetés au milieu des plâtras !
Le regard de leurs yeux, vous ne le voyiez pas,
Ni le rire effrayant de leur sinistre bouche,
Ni les os de leurs mains qui, d'un geste farouche,
Semblaient prendre à témoin le ciel muet d'horreur.
La besogne macabre — ordre de l'Empereur —
Vous absorbait, soudards, et vous ne pensiez guère,
(Si vous pensez parfois) qu'à des butins de guerre,
Bijoux, bagues, colliers, arrachés sans remords
Aux lugubres trésors enfouis chez les morts.

Mais quoi !... ce n'est pas tout... Ailleurs dans des villages,
Déshonorant l'aspect des plus beaux paysages,
Tout prêts à vous enfuir, n'avez-vous pas souillé
Les humbles tumulus des nôtres et fouillé
La terre, en dispersant au loin leurs pauvres restes,
Mêlés pour les corbeaux aux détritus agrestes ?

Ah ! devant la hideur de ces champs profanés,
Où sous le noir humus des feuillages fanés

Gisent les croix de bois, votre rage sadique
Ira-t-elle invoquer la raison stratégique ?

Et, maintenant, bandits, reîtres, modernes Huns,
Rythmez le pas de l'oie et chantez : « *Got mit uns* »,
Bombez le torse, allez, ô fils de la Kulture,
O monstrueux profanateurs de sépulture,
Dont la gloire sera d'avoir, sombres butors,
Violé les tombeaux et retué les morts !

UN SOLDAT QUI A DONNE
DEUX FOIS SON SANG

C'était un fier soldat!... Une blessure grave.
L'obligeait au repos, le clouait sur son lit.
Que faire à l'hôpital? L'ennui rongeait le brave
Et d'un cruel sillon creusait son front pâli.
Ah! se sentir le cœur plein de force et de vie,
Dans ses veines un sang ardent et généreux,
Posséder, telle une aigle en sa cage asservie,
La jeunesse féconde en rêves glorieux,
Et ne pouvoir, hélas! remuer bras, ni jambes,
N'être qu'un corps inerte où gît la volonté,
Sans savoir si jamais, parmi les gens ingambes,
On reprendra sa place et son activité!

Il rêvait de s'enfuir, de gagner la campagne,
De retourner là-bas près des autres poilus,
Regrettant l'âpre boue et l'héroïque bagne
Et les nombreux périls qu'il ne partageait plus.
La fièvre l'agitait... Son œil visionnaire
Voyait dans le passé tout proche et frémissant
Les combats surhumains, dans un bruit de tonnerre,
Secouant l'horizon, tout de flamme et de sang.
Il revivait alors les durs moments tragiques,
Un flot d'enthousiasme à son cerveau montait :
L'orgueil d'avoir été parmi ces gars stoïques
Qui riaient du danger et que rien n'arrêtait...

Et maintenant, hélas ! pauvre loque inutile,
Il devait se morfondre au fond d'un hôpital,
Triste, impuissant et tel un débris qu'annihile,
L'impitoyable main du sort dur et brutal.
Maintenant...

                    A côté, sur un lit de souffrance
Gémissait un soldat qu'un docteur auscultait.
Le malade livide et perdant connaissance,
Aux assauts de la mort à peine résistait.
« — Las ! » souffla le docteur, parlant à l'infirmière,
C'est fini. Pour sauver ce pauvre agonisant
Il faut, sinon cette heure est pour lui la dernière,
Un miracle, — ou bien la transfusion du sang ! »

« — Prenez mon sang, major ! »

                    Qui parle ainsi, tout proche ?

Le brave blessé qui la minute d'avant
Se plaignait de ne plus être qu'un vain fantoche,
Un objet méprisable et veule, ne pouvant
Etre d'aucun secours, ni rendre aucun service,

Ecoutant le docteur, il a vite compris
Que c'est l'occasion d'un noble sacrifice
Et qu'il n'est pas du tout un informe débris,
Puisque son sang pourra sauver un camarade.
Il n'est plus le même homme, il rayonne et ses yeux
Font à la mort qui rôde une fière bravade.

« — Prenez mon sang, major ! »

                    Et soudain tout joyeux,

Le blessé qui ne sent plus sa propre souffrance,
Tend au chirurgien son bras sain et puissant.

Ainsi simple et sublime et pour te servir, France !
Le soldat Boulic t'a donné deux fois son sang !

(Le héros de cette histoire est le soldat Boulic, du 117ᵉ de ligne,
à qui M. Painlevé, ministre de la Guerre, a fait porter à l'hôpital la
croix de guerre avec palmes et une lettre autographe).

La nuit vient de finir... Une aube grise et terne
Blémit l'aspect du champ où, parmi la luzerne,
Ont dormi près des morts et presque aussi morts qu'eux
De fatigue et de froid, les artilleurs poudreux.
Alerte... Tout le camp s'étire et se secoue
Après un lourd sommeil dans l'herbe et dans la boue.
Voilà que le cuistot apporte le café.
Par ce jus, pas fameux, l'on se sent réchauffé
Et l'on est plus dispos... Au loin le canon tonne
Sans qu'on y prenne garde, il n'émeut plus personne.
Bientôt avec le jour une gaîté renaît...
Un lascar dégourdi, que le fourbi connaît,
Conte aux autres poilus une amusante histoire
Qui les fait rire à se décrocher la mâchoire.
Car, malgré le danger, le Français goguenard
Aime à rire...
        Et voici ce que dit le lascar :

Ah ! mon vieux !... Cette nuit... oh ! là ! là ! quelle affaire !
Ecoute... Je cherchais un trou pour roupiller.
Mais les copains roublards couvraient déjà la terre
Et, sous les caissons, pas un coin pour se pieuter...
Soudain, j'aperçois un grand type, un double-mètre,
Couché sous sa couverte au bord d'un champ bourbeux.
Je me dis : — Celui-là sut trouver où se mettre,
Quand il y en a pour un, il y en a pour deux.
J'approche donc et puis, relevant la couverte,
Je me niche dessous près du type qui dort.
Mais voilà qu'en ronflant et sans faire exprès, certe,
Je tire tout à moi, d'un machinal effort.
Alors mon double-mètre ouvre l'œil, se redresse
Et se met à me secouer comme un prunier...
D'abord, je ne dis rien... j'étais si las, si moche...
Je fais le mort... Mais lui, têtu, de me crier :
« — Qu'est-ce que tu fous là, si tu n'es pas un Boche ? »
Justement je faisais un agréable rêve
Et je m'y cramponnais sans vouloir en sortir.
Mais lui me secouait rudement et sans trêve,
Si bien qu'enfin, maussade et bâillant à plaisir,
Mal réveillé, je grogne : « — Allons, c'est pas la peine
De faire un tel potin ». Je me frotte les yeux,
Je me soulève un peu... La lueur incertaine
D'un falot nous éclaire... Ah ! mon vieux ! ah ! mon vieux !
C'était le commandant... Et sa haute stature
M'écrasait maintenant, car moi, pauvre bibi,

Je te l'avais fichu hors de sa couverture !
Ah ! je n'étais pas fier devant pareil fourbi.
Je lui dis en geignant que j'étais très malade,
Que les autres avaient tout pris sous le caisson...
Alors, ronchonnant je ne sais quelle engueulade,
Il se met sur le flanc sans plus d'autre façon.
Je ne fais ni une, ni deux, je me recouche
A côté de lui ; puis immédiatement
Je pionce, mon vieux, du sommeil de la souche...
Mais ce ne fut pas long... Voilà le Commandant
Qui s'éveille, s'agite et fait une grimace...
Il gigote d'abord, puis lève au ciel les poings :
« — Mais, sacré nom d'un chien, éclate-t-il, bonasse,
Ne prend donc pas toute la couverture au moins ! »

(D'après un passage de *Ma Pièce*, par Paul LINTHIER).

PARTOUT ET TOUJOURS

Héros, qui reposez là-bas sur la frontière,
Drapés dans le linceul de l'immortalité,
Au plus profond de nous vibre votre âme altière
Comme une harpe d'or pendant l'éternité.

Dormez d'un somme auguste, ô faiseurs de miracles,
O dieux d'un culte dont la Patrie est l'autel !
Devant vos tumulus, modestes tabernacles,
La France s'agenouille en son deuil maternel.

Par le marbre et le bronze exaltant votre exemple,
Des monuments pieux, de terre vont jaillir,
Mais tous les Panthéons ne vaudront pas le temple
Que nous érigerons dans notre souvenir.

O grands morts de l'Yser, de Verdun, de la Marne
En les veines de qui coulait le sang gaulois,
Vous revivez, car votre héroïsme s'incarne
En ceux qui perpétuent aujourd'hui vos exploits.

Aussi vrai que demain notre chère Patrie
Connaîtra grâce à vous des réveils triomphants,
Héros, elle sera de vous toute pétrie
Et votre âme sera celle de ses enfants.

Ah! certes, il faut bien que demain tout renaisse;
C'est la suprême loi. Sans cet espoir sacré,
La plus triste des morts, la mort de la jeunesse,
Laisserait notre cœur à jamais ulcéré.

*
* *

    Salut, ô mort d'où naît la vie!
    Merveilleuse évolution,
    Mort divine, demain suivie
    Par une résurrection!

    De la nuit sort le jour superbe.
    La nature couvre de fleurs
    Le champ criblé d'obus, où l'herbe
    S'engraissa de sang et de pleurs.

Demain, demain, c'est la Victoire
Ouvrant ses ailes dans l'azur
Et qui, du laurier de la gloire,
Couronne, France, ton front pur !

*
* *

Partout, toujours, ô morts, dans le temps et l'espace,
Peuplant nos prés, nos bois, nos fleuves et nos monts,
Vos mânes glorieux, flottant dans l'air qui passe,
Seront où nous serons, frères que nous aimons.

Ainsi nous couverons d'un regard unanime
Votre foule, en tous lieux comme à notre foyer.
Périclès eut raison qui dit le mot sublime :
« Le tombeau des héros, c'est l'univers entier. »

(Poésie dite par Mme Andrée LESTRANGE devant le monument aux
Morts, au Père Lachaise, le 1er Novembre 1917).

TABLE